Susanne Ospelkaus

Dennoch

Susanne Ospelkaus

DENNOCH

Kurzgeschichten über Wendungen

epubli

Einleitung

Über mich

In meinen schlimmsten Träumen bin ich Frau Else Bloß, putze täglich die Wohnung, staubfrei und keimfrei, Florian Silbereisen trällert dazu im Schlagersender.
Ich bügle Hemden, Tischdecken und Unterhosen, während stumpfsinnige Talkshows laufen.
Regelmäßig empfange ich Besuch: den netten Mann von Bofrost.
Ansonsten beobachte ich meine Mitmenschen, die krakeelenden Nachbarn, den pingeligen Dorfverschönerungsverein, die lauten Kinder auf der Straße und die Katzen, die in meinen Garten kacken.
Alles sehr ärgerlich!

Ich sorge mich manchmal, oft, eigentlich immer, und zu den Sorgen gesellen sich Ängste: Verlustangst, Versorgungsangst, Versagensangst.

Das Leben ist öde und ich langweile mich zu Tode.
Ich bin bloß die Else.

In meinen schönsten Träumen bin ich Viktoria Reich, bin neugierig und entdecke das Besondere im Alltäglichen, gebe den Kleinigkeiten Raum.
Ich freue mich über jeden Gast und aus Butterbroten mit Schnittlauch bereiten wir uns ein Festmahl.
Ich sehe meine Kinder und bin stolz auf sie.
Am Nachmittag bauen wir aus Schläuchen eine Murmelbahn, wir zählen Gänseblümchen und stellen Signalhütchen um die wenigen Margeriten, dass der Rasenmäher sie nicht erwischt.
Ich möchte großzügig sein im Vergeben und Vergessen. Ich kenne meine Macken und kann die meiner Mitmenschen gelassen nehmen.

Wenn ich alt bin, klettere ich noch immer auf Bäume, habe kleine Kinder auf dem Schoß, erzähle Geschichten und freue mich am Sonnenuntergang.

Ich bin reich, Viktoria Reich.

Teil 1

Wenn der Alltag schrumpft

Mein lieber Peter,
du weißt, ich hasse Jammerlappen, Nörgeltanten und Heulsusen, aber heute – vereine ich sie alle.
Doch nicht ohne Grund, denn der Tag hat böse angefangen. Schon am frühen Morgen hat nichts geklappt.
Manchmal wird ein Tag, der schlecht beginnt, im Laufe der Stunden noch ganz erträglich. Diesmal aber wird es immer schlimmer.

Am frühen Morgen poltert die Putzfrau in mein Zimmer, stößt an mein Bett und die Schmerzen zucken wie Blitze durch meinen Körper.
In dem lilafarbenen Kittel sieht sie aus wie die Milkakuh und blökt ein „Guten Morgen".
Das Frühstück besteht aus luftgetrocknetem Toast, darauf schwabbert die Marmelade wie eine rote Qualle.

Das Schlucken schmerzt, als würde ich Stacheldraht essen. Die Schwesternschülerin bringt mir Saseem. Das ist Spucke aus der Dose. Es gibt auch Tränen aus der Tube, aber die brauche ich nicht, weinen kann ich alleine.

Nach dem Frühstück schneit Herr Dr. Weiß von der Hämatologie ins Zimmer. Er sieht aus wie Prince Charming aus Shrek. Er hat eine Föhnwelle, deswegen muss er seinen Kopf schief halten, sonst fällt ihm sein blondiertes Haar in die Augen.
„So, wie geht es uns denn heute?" (Allein für das „uns" könnte ich ihm eine reinhauen.)
„Ihnen war von Anfang an gesagt worden, dass es eine schwere Therapie sein wird", (und zack, ein rechter Haken.)
Er sagt das so, als wenn ich schuld an der Krankheit sei.

Anschließend kommt die Chefärztin mit Studenten herein und baut sich vor meinem Bett auf, brav dahinter ihre Lämmer.
Die Aufgabe lautet: Erstkontakt mit dem Patienten!
Muss man das üben? Man muss.
Ein Student schlurft zu mir und wispert, ich solle mich freimachen. Dabei schaut er auf seine Schuh-

spitzen. Frau Hirtin lächelt milde. Nächster Versuch. Aber das Schaf kommt nicht darauf, dass man sich zuerst einen guten Tag wünscht und sich mit Namen vorstellt.

Ach, Peter, das können doch schon unsere kleinen Kinder. Ich vermisse euch.

Vor den Studenten habe ich mich nicht entblößt, aber vor dem AiPler. Er soll mich für die Biopsie vorbereiten.
Obwohl ich dünn geworden bin, ist mein Busen noch rund. (Gib es zu, jetzt grinst du.) Es dauert Ewigkeiten, bis ich mein Flatterhemd wieder anhabe und der AiPler nicht mehr glotzt. Wahrscheinlich sieht er sonst nur alte Frauen, na egal.

Dann kommt Herr Dr. Flink. Er hat mich auf der schmalen Liege positioniert und redet, als habe er die Lektion „Erstkontakt" nie erhalten.
Die Geräte sehen aus wie Omas Stricknadeln. Ich solle ruhig atmen und mich nicht bewegen.
„Wir wollen doch nicht Ihr Herz oder die Lungen durchbohren, nicht wahr?"
Haha, sind wir heute komisch.

Ich schließe meine Augen und denke an dich, fahre dein kantiges Gesicht nach und pausiere an deinen Lippen. Ich versuche mir vorzustellen, wie wir als altes Ehepaar wären, aber immer wieder reißt das Bild, wenn der Schmerz stärker wird.

Als es endlich vorbei ist, ist es schon ganz still in der Klinik. Ich habe mein Hemdchen an, liege im Bett und warte auf den Zivi, der mich auf die Station zurückbringen soll.
Es kommt keiner.
Ich habe Hunger und muss aufs Klo, traue mich aber nicht, aufzustehen.
Besucher laufen an mir vorbei, Ärzte und Schwestern stürmen dem Feierabend entgegen.
Ich frage einen AiPler, ob er mir helfen könne, aber der guckt nur dämlich. Der Druck auf die Blase wird immer stärker, also rutsche ich vom Bett, raffe mein Hemdchen hinten zusammen und drücke mich an der Wand entlang zum Klo.

Peter, mein Leben schrumpft auf Warten und Toilettengang zusammen.
Ich will wieder bei euch sein, bei euch und der schmutzigen Wäsche, dem angebrannten Essen und dem klebrigen Küchenboden.

Irgendwann kommt dann doch noch ein Pfleger, Angelo, er plaudert mit mir, als wären wir in einer Strandbar. Wäre ich nicht so feige, würde ich schreien: „Ruhe!"

Gleich ist es 22 Uhr und ich muss den Brief beenden, da ich kaum noch den Stift halten kann.
Wenn ich die Augen schließe, werde ich von uns träumen, wie es wohl sein wird, wenn wir alt sind.
Du sitzt am Frühstückstisch, hast eine Glatze und dein Grübchen verschwindet im faltigen Gesicht. Ich trage einen Stütz-BH und Miederhosen. Der Rollator steht neben dem Tisch, du schmierst mir die Semmel – die flache Seite – und ich schenke dir Kaffee ein.
So werden wir es machen!

In Liebe
Deine Klara

Nicht ohne Grund

Sobald ich das Gebäude betrete, fühle ich mich von ihr beobachtet. Sie folgt mir durch die Gänge und schlängelt sich zwischen den Betten der anderen Patienten hindurch.

Ich spüre sie, wenn ich neben Thomas' Bett sitze und ihm von meinem Tag erzähle. Er kann mir nicht antworten, vielleicht kann er mich nicht einmal hören, aber davon lasse ich mich nicht beirren.
Ich fühle ihren Blick, wenn ich seine gelbe Haut eincreme und die dünnen Arme auf einem Kissen lagere. Solange er lebt, werde ich sie ignorieren.
Die Trauer.

Thomas und ich, wir haben uns nie über den Tod unterhalten, selbst wenn es uns die Ärzte empfohlen haben. Wir sind nicht ignorant oder feige, im Gegenteil, wir wollen kämpfen, um zu siegen.

Die Ärzte haben wir bedrängt, uns ehrliche Prognosen zu geben. Gleichzeitig haben wir den Himmel bestürmt und dem Allmächtigen vertraut.

Es ist ein Paradoxon, aber in dem Moment, als Thomas' lebenserhaltende Geräte abgestellt werden, fühlt sich alles richtig an.
Als sei er nur umgezogen – und ich kenne die Anschrift. Seine persönlichen Sachen braucht er nicht mehr. Sie passen in meine Handtasche: ein MP3 Player, ein Kopfhörer und zwei Paar Socken.
Als ich die Station verlasse, hält mir die Trauer die Tür auf. Sie begleitet mich hinaus in die Nacht.
In unserer Wohnung fühlt sie sich heimisch. Sie nistet sich ein und ich habe das Gefühl, dass sie lange bleiben will.
Erschöpft gehe ich zu Bett und sie legt sich neben mich. Was soll ich morgen meinen zwei- und vierjährigen Söhnen sagen?
Am nächsten Tag finde ich keine Worte und warte noch einen weiteren Tag, bis ich meinen Jungs vom Tod ihres Papas erzähle.

Wir setzen uns aufs Sofa, ich nehme ein Foto von Thomas in die Hand und zeige es den Kindern. Thomas springt auf einem Trampolin, so hoch, dass man nur noch Himmel sieht. Er lacht in die Kamera und scheint zu fliegen.

„Der Papa war sehr krank", erkläre ich und die Kinder nicken, seit Wochen haben sie ihn nicht mehr gesehen.

„Sein Körper war wie ein kaputtes Haus. So kaputt, da konnte er nicht mehr drin wohnen. Der Papa musste umziehen ... in den Himmel, zu Jesus."

„Und wann kommt Papa wieder?"

„Gar nicht, mein Schatz."

„Habe ich was angestellt, dass Papa nicht wiederkommen kann?"

„Nein, der Papa wäre gerne bei uns geblieben. Er hat euch lieb und das wird sich nicht ändern. Ihr seid seine Lieblinge."

Die Trauer seufzt und streicht den Jungs über ihre Wangen.

Wären die Kinder nicht, würde ich im Bett bleiben. Die Kinder halten das Leben in Bewegung, ich hangele mich durch den Alltag: gemeinsam frühstücken, in den Kindergarten gehen, Mittagessen vorbereiten, draußen spielen, vorlesen, aufräumen, Bettchenzeit.

Nie bin ich allein, immer ist die Trauer bei mir. Wie eine zweite Haut klebt sie an mir. Sie lehnt sich an mich und ich verliere fast den Halt. Sie drückt mir auf die Brust und jeder Atemzug wird zum Gebet, sie möge verschwinden.
Manchmal ist sie wie ein ungezogenes Kind, dann mischt sie sich in jedes Gespräch. Selbst wenn ich nur einen behördlichen Fragebogen ausfülle, guckt sie über meine Schulter und fuchtelt mit ihrem Finger auf dem Dokument herum. Es gibt nur Kreuzchen für alleinstehend, verheiratet oder geschieden. Ich weine und male trotzig das fehlende Kästchen hin und ergänze: verwitwet!

Nachts gleitet sie in meine Träume und belebt die Bilder der Krankheit. Thomas' sportlicher Körper zerbröselt auf den Laken, während Maschinen vergebens Luft in ihn pumpen wie in eine löchrige Luftmatratze.
Morgens wache ich mit verquollenen Augen auf, ich muss geweint haben.
Die Tränen finden leicht ihren Weg. Ich denke entsetzt: Mir fließt das Leben aus den Augen.

„Mama, wenn du weinst, musst du auch etwas trinken."
Mein Großer ist besorgt.
„Und nicht beim Autofahren weinen."
Ich gebe mir Mühe.
Als mich die Sehnsucht überrumpelt, ruft mein Kleiner erschrocken: „Mama, Mama, du tropfst."
Seine Händchen versuchen die Tränen aufzufangen, als seien sie kostbar.
Ich will keine verheulte Mutter sein, deswegen vereinbare ich mit der Trauer, dass wir uns zur Abendzeit treffen. Wenn die Kinder im Bett sind, kuscheln wir uns in eine Decke. So halten wir es in den nächsten Monaten.

Die Zeit vergeht und die Leute behaupten, dass sie Wunden heilt. Nichts tut sie. Aber vertraute Menschen tun mir gut.
Ein befreundeter Bassist ermutigt mich mit seinem Vergleich. Ohne die tiefen Töne in einem Lied gebe es auch keine hohen. Die schönsten Melodien brauchten Bässe.
So werden meine lebensfrohen Tage von den traurigen getragen. Die Trauer ist belastbar!

„Wann kriegen wir einen neuen Papa?", erkundigt sich mein Sohn, während er im Sand buddelt.
„Och, weiß nicht." Ich schaue ihm zu, wie er den Sand aufhäuft.
„Volker ist nett."
Energisch klopft er den Hügel zu einer Burg zurecht.
„Ja, aber der ist verheiratet."
„Ist das wichtig?"
Er hält kurz inne, überlegt und korrigiert dann sein Bauwerk.
Seltsam – diese Kindergedanken.
Seltsam und hoffnungsvoll.

Superhelden

A: „Sie ist ... wieder da ... ich habe sie ... gesehen."
B: „Hol Luft, bevor du einen Herzkasper bekommst. Wer ist da?"
A: „Invisible Girl."
Max lässt sich aufs Bett fallen, japst und stöhnt.
B: „Das unsichtbare Mädchen? Ist sie im Isolierzimmer?"
A: „Nee, Mann. Zimmer 3. Ohne Maske. Einfach nur schön. Sie hat mich angelächelt."
Max und Jonathan lungern auf ihren Betten, Jonathan träumt von Invisible Girl, während Max noch immer nach Atem schnappt.

Die zwei 16-Jährigen sind nun schon neun Wochen zusammen auf der Jugendstation und nach und nach haben sie das Personal und die Mitpatienten mit Namen aus den Marvel-Comics ausgestattet.
Sie selbst sind die „Fantastic Two".

Jonathan ist Johnny Storm oder „die brennende Fackel", denn an Silvester hatte er Pech, als er brannte – und nicht sein Böller.

Max ist „das Ding" und tatsächlich ist seine Gestalt beeindruckend. Aus ihm könnte man fünf Teenager kneten.

Invisible Girl schaut aus wie ein Engel, zierliche Gestalt, weiße Haut, lange Haare und Manga-Augen, meistens ist sie auf der Isolierstation.

Fast jeder Junge ist in Elena verliebt, und weil sie so unnahbar und geheimnisvoll ist, gleitet sie mühelos in aller Träume.

In der Klinik ist jeder Tag gleich, und wenn es keine Fenster gäbe, wüsste man nicht, dass sich die Jahreszeiten ändern.

Auch die „Skrulls" sorgen für den monotonen Ablauf. Max, das Ding, hat den Krankenschwestern diesen Namen verpasst, weil sie alle gleich sind, weiß gekleidet, flink, mit einem abgenutzten Sprüchlein auf den Lippen: „Na, meine Herren … wird schon wieder … nur Geduld."

Zwischen der weißen Krankenhausausstattung bleiben die Skrulls gut getarnt und unpersönlich. Erst nach ihrem Dienst schlüpfen sie in bunte Klamotten, lässige Boots oder Lederjacken.

Dann sehen sie lebendig und schön aus, aber sie eilen dem Feierabend entgegen, weg von den Jugendlichen, die was erleben wollen.

Johnny und das Ding stieren aus dem Fenster, als blickten sie auf eine andere Welt.

„Was würde ich dafür geben, wenn die kleine Skrull dort am Parkplatz im Dienst den engen Jeansrock trägt ... Ich wette, sie trägt Tangas, und wenn sie sich bückt ..."

„Dann sieht man ihre Arschritze", ergänzt Johnny.

Den Psychologen betiteln sie mit „Impossible Man".

„Wie fühlen Sie sich?", fragt der in der Gruppenstunde.

„Was löst dieser Gedanken in Ihnen aus?", bohrt er in der Einzelstunde.

Impossible Man ist eine Nervensäge, aber er gibt Ruhe, wenn man sagt, was er hören will.

„Ich fühle mich wie nach einer Gewitternacht", murmelt Johnny und der Psychologe nickt.

Das Ding stöhnt: „Es zerreißt mich."

Impossible Man wiederholt nachdenklich: „Zerreißen, ja, zerreißen. Das verstehe ich."

Die Krankengymnastik soll das Ding straffer machen und Johnny elastischer.

„Hey, das Ding, wenn du schlank bist, lass dir deine Hautlappen abschneiden. Ich kann sie mir überstülpen, dann wären wir beide normal."

„Wahre Helden sind nicht normal."

„Helden? Pantoffelheld würde mir reichen. Mit einer spießigen Ausbildung und einer Freundin, die Katzen und eine Jahreskarte für den Nahverkehr hat."

Beide spüren, wie wacklig ihre coole Comicwelt ist und vermeiden daher meistens solche Gespräche.

Endlich, da ist wieder Elena, sie muss auch in die Gruppenstunde von Impossible Man. Sie trägt eine Art Punjabi. Bei anderen Mädchen hätte Johnny das ätzend und bio gefunden, aber sie bewegt sich darin wie eine indische Prinzessin.

Das Ding hält die Luft an, richtet sich auf und zieht den Bauch ein. Es nützt wenig, noch immer hängt die Wampe bis über sein Geschlechtsteil.

Impossible Man stellt komische Fragen und räuspert sich ständig. Er bittet um Eindrücke, wenn er Bilder mit gelb-orange-farbenen Spiralen auslegt, fragt, ob man an Engel glaubt oder ob man mit jemandem etwas bereinigen müsse.

Froh, dass die Stunde vorbei ist, drängen die Teens aus dem Gruppenraum. Elena schwebt davon, Johnny eilt ihr nach und ‚das Ding' wuchtet seinen Hintern vom Stuhl.

Der Wasserkocher brodelt schon, als ‚das Ding' in der Teeküche eintrifft.
C: „Na, ihr zwei Superhelden?"
Sie lässt den Teebeutel wie einen Jo-Jo in die dampfende Tasse auf- und niedergleiten.
C: „Ihr seht schon viel besser aus."
A: „Wir sind hässlich."
‚Das Ding' streicht sein XXXL-Shirt glatt und Johnny knetet seine vernarbten Krallenfinger.
C: „Lieber hässlich und lebendig als schön und tot."
Elena nimmt ihre Teetasse und verlässt den Raum.
B: „Wie meint sie das?" Johnny starrt ihr hinterher.
A: „Ach, nur 'ne Metapher."
B: „Hoffentlich."
Schweigsam latschen sie ins Zimmer. Jeder hängt seinen Gedanken nach, über Mädchen, Liebe und den Tod.

In der nächsten Psychostunde trägt Elena nicht mehr den leuchtenden Punjabi, sondern ein blassblaues Leinenkleid, das viel zu groß für sie ist.

Angeblich schont der Leinenstoff ihre dünne Haut, aber sie sieht aus, als würde sie im Blassblau ertrinken.

Wenn Invisible Girl dabei ist, nervt die Nervensäge noch mehr.

① „Elena, du hast viel Schweres erlebt, kannst du darin einen Sinn finden?"

Johnny hört der Nervensäge nicht zu, er sieht nur in Elenas Feengesicht und denkt sich, dass sie nicht von dieser Welt ist.

Sie ist 16 Jahre alt und bewegt sich wie eine weise Frau, aufrecht, aber nicht stolz, gelassen, aber nicht gleichgültig. Er findet sie schöner als je zuvor.

Er möchte nicht, dass sie Invisible Girl ist, sondern dass sie sichtbar bleibt und greifbar wird.

Er sucht ihre Nähe, aber er trifft sie nie alleine an.

Es ist Sommer, muss es wohl sein, die Skrulls sind im Urlaub.

Das schöne Wetter macht die jungen Leute traurig, sie sehnen sich nach Freiheit.

Johnny ist unruhig, er schläft schlecht und drückt sich nachts auf der Station herum.

Die Nachtschwester hat ein paar Fenster geöffnet und milde Luft weht durch die Gänge.

Als er Elena auf der Sofaecke antrifft, leuchtet ihr weißes Gesicht wie eine kleine Sonne im gedimmten Raum.

„Kannst wohl auch nicht schlafen, was?"

„Nein."

„Die Skrulls lassen dich hier sitzen? Die scheuchen uns doch sonst immer ins Bett."

„Tja, dann bist du halt nicht krank genug."

Johnny lässt sich neben Elena aufs Sofa fallen. Schweigend sitzen sie nebeneinander und es fühlt sich gut an. Er reibt die vernarbte Haut auf seinem Handrücken, als Elena sich zu ihm rüber beugt.

„Darf ich deine Hände anfassen?"

Johnny streckt sie ihr zu, obwohl er fürchtet, dass sie sich vor ihm ekelt.

Sie legt ihre Finger in seine Handflächen. Dort verschwinden sie wie in einer Höhle.

Johnny kann seine Finger nicht strecken. Diesmal probiert er es auch nicht.

„Das ist weich." Elena schaut in sein Gesicht.

„Du bist schön – von innen heraus."

„Du bist hübsch, aber von innen und außen."

Er würde sie gerne berühren, stattdessen knetet er seine Finger. Als Elena spricht, muss er sich zu ihr neigen, um sie zu verstehen.

C: „Meine Eltern wollen nicht wahrhaben, dass ich sterbe. Sie rennen mit mir von Therapie zu Therapie und von Spezialist zu Spezialist. Sie hetzen durch mein Leben und können nicht einen Augenblick mit mir still sitzen."

Johnny kann es. Er sitzt so still, dass er ihren Atem hört.

B: „Weißt Du, wie Max und ich dich immer nennen?"

Sie schüttelt den Kopf und wischt sich die Tränen von den Wangen.

B: „Invisible Girl. Sie kann Kraftfelder erzeugen und sich unsichtbar machen."

C: „Bald werde ich tatsächlich unsichtbar sein."

B: „Unsichtbar und trotzdem da!"

Johnny klingt so überzeugend, dass Elena lächelt. Sie legt ihren Kopf auf seine Schulter und fragt zögernd:

C: „Sind Johnny Storm und Invisible Girl ein Liebespaar?"

B: „Leider nicht ... sie sind Geschwister."

Johnny zieht Elena näher zu sich, streicht ihr über den Kopf und küsst ihre Stirn, wie ein Bruder es tun würde.

Ganz ruhig sitzen sie in der Dunkelheit und atmen und leben und genießen den Moment.

Lebensdrang

Ich heiße Claas Osterkamp, wie mein Vater und wie sein Vater.
Mein Leben ist sehr übersichtlich.
In meinem Schrank hängen ein grauer Anzug, zwei Jeans und drei Sweatshirts. Abends koche ich ein Kartoffelgericht, mal Bratkartoffeln, mal Rührkartoffeln oder Pellkartoffeln.

Ich lebe nach der Uhr, trete um 8:30 Uhr meine Arbeit im Büro an und beende sie um 17:00 Uhr. Dann verabschiedet mich der Pförtner und um 17:08 Uhr begrüßt mich der Busfahrer. Um 22:30 Uhr gehe ich zu Bett und eine halbe Stunde später lösche ich das Licht.
Ich bin sehr glücklich, aber das war nicht immer so.

Auf einem Bauernhof in Husum verbrachte ich meine Kindheit.

Zum ersten Mal bemerkte ich es, als ich sieben Jahre alt war. Ich musste die Tür dreimal öffnen und schließen, bevor ich beim vierten Öffnen hindurchgehen konnte. Es musste immer eine gerade Zahl sein, denn so, glaubte ich, könnte ich drohendes Unheil abwenden.

Ging ich in die Scheune, schaute ich zuerst viermal über meine Schulter oder bei Tisch strich ich mehrmals über das Besteck, bevor ich es benutzte.

Ich hatte viele magische Handlungen. Meinen Eltern fiel das nicht auf und das war gut so, denn ich schämte mich dafür.

Es war ein Tag im Oktober, kurz nach meinem achtzehnten Geburtstag, da hatte mich der Zwang vollends im Griff.

Ich wachte auf und fühlte mich unendlich müde und da dachte ich zum ersten Mal, dass der Tod nicht schlimm sein kann. Ich hatte die ganze Nacht nicht geschlafen, weil mich die unsinnige Angst umtrieb, meine Augäpfel würden verschwinden, sobald ich die Lider schlösse.

Das Frühstück konnte ich nicht essen, weil mir die Lippen und Mundwinkel brannten. Seit Tagen leckte ich mir den Mund und kaute auf den Lippen. Ich sah aus wie ein Clown. Das Haus verließ ich nur

selten und wenn, dann war es eine Tortur; Schritte abzählen, Türklinke mehrmals drücken, die Hände waschen, immer wieder und wieder. Ich musste alles zählen, die Stufen, die Fenster, die Blumentöpfe und wenn ich fertig war, begann ich von vorn aus Angst, mich verzählt zu haben.
Ich würde dieses Leben nicht vermissen und war bereit, es zu beenden. Tod durch Erhängen erschien mir damals sinnvoll, aber mein Vorhaben scheiterte am ollen Henning.
Ich betrat das verrottete Bootshaus, die Luft war schwer und feucht vom verfaulten Holz und toten Mäusen. Etwas Licht drang nur durch die rissige Wand. Ich bugsierte mein Seil über den Balken, nachdem ich mich viermal gedreht hatte.
Der Zwang tanzt mit mir seinen Abschiedstanz, dachte ich.
Mein Rumoren musste ihn geweckt haben.
„Junge, lass mal", grunzte es.
Erst jetzt sah ich ihn, wie ein Lumpensack lag er zwischen den Kisten, in der rechten Hand hielt er eine fast geleerte Flasche Korn und mit der linken wischte er sich Sabber und Rotz ab. Der olle Henning.
Nachdem er nicht mehr zur See fuhr, faulte er wie ein alter Fisch dahin, nur der Alkohol konservierte

ihn. Zwischen Husten und Spucken sprach er weiter: „Jeder ist normal. Bis du ihn kennenlernst."
Ich war zu erschrocken, um etwas zu erwidern.
„Gib deiner Schwäche einen Namen, das wird sie entmachten."
Wie ein alter Pfeifkessel klangen seine Worte. Ich hatte noch immer das Seil in der Hand und stand regungslos da, als Henning zu schnarchen anfing. Ich öffnete und schloss dreimal die Tür, beim vierten Mal verließ ich das Bootshaus.
In meinem Hirn spulten sich Hennings Sätze wie ein Jingle ab.
Gib deiner Schwäche einen Namen!
Gib deiner Schwäche einen Namen!
Gib deiner Schwäche einen Namen!

In den nächsten Wochen suchte ich Namen und kam mir vor wie die Königin aus Rumpelstilzchen.
Heißt du vielleicht – Zombiezwang?
Ich bekam eine richtige Wut auf den Zombiezwang und mit der Wut kam der Mut. Wenn ich gefühlte tausendmal geblinzelt hatte, bevor ich in den Bus stieg, nannte ich ihn Ziegenzwang. Ich ertappte mich dabei, wie ich mich über die Ziege lustig machte.

Als ich in die Ausbildung ging, rief ich ihn Zitterzwang. Ich lehrte ihn das Fürchten.

Heute ist er nur noch ein Zwergenzwang. Ich halte ihn klein, indem ich nach der Uhr lebe und wie auf Trampelpfaden durch mein Leben stapfe. Sie sind zwar ausgelatscht, aber ich will auch keine neuen Wege ausprobieren. Ich bin glücklich.
Übrigens, jeder ist normal bis man ihn kennenlernt. Mein Busfahrer lutscht tütenweise Salbeibonbons. Die grünen Papierchen stopft er unter seinen Sitz, zwischen die Armaturen und in die Ritzen der Lüftung. Ein fahrendes Kräuterbonbon bringt mich jeden Tag nach Hause.
Und der Pförtner? Der schnalzt nach jedem Wort mit der Zunge als spräche er Xhosa und versprüht dabei Speicheltröpfchen in der Eingangshalle.

Komm, zausiger Zwangzwerg, lass uns das Leben genießen!

Die oberste Direktive

Markus Finger berührt noch den Klingelknopf, als sich die Tür öffnet und ein dröhnendes „Aaalooo!" in sein Gesicht weht.
„Ist das der Neue? Dann lass ihn rein", ruft es aus dem Haus.

Markus will nicht der Neue sein. Er muss. Ein ganzes Jahr lang leierte sein Vater ihm vor: „Mach doch etwas Sinnvolles! Du bist gesund und gescheit. Herrgott! Mach doch etwas Sinnvolles."
Markus ließ ihn labern, doch als er seine Klamotten in Kisten verpackt vorfand, musste er sich entscheiden: entweder ausziehen oder ein soziales Jahr absolvieren. Widerwillig meldete er sich zum Dienst in der Hoffnung, die Zeit abhängen zu können.
Sozialpädagogen sind für ihn Weicheier und Behinderte kommen vom anderen Stern.

Nun steht er da, benetzt von der Spucke eines
Aliens, der etwas ruft, das wie „Hallo!" klingt.
Dahinter ein Mann: „Ich bin Volker. Nun komm
schon." Volker reicht Markus die Hand und zieht
ihn gleichzeitig in den Raum. Am Tisch sitzen drei
Freaks, der vierte steht noch immer grinsend an der
Tür.
Volker ist der Betreuer der Tagesgruppe. Er ist nicht
der Bio-Latschen-Typ, den Markus erwartet hatte.
Er schaut eher wie ein Wrestler aus.
„Du wirst Stefan betreuen", bemerkt Volker und
strahlt, als sei die Stefan-Betreuung ein toller Job.

Stefan ist der hässlichste Typ, den Markus je gesehen hat. Scheinbar wurde er einmal auseinandergenommen und wieder falsch zusammengesetzt. Sein Speichel läuft in dünnen Fäden auf die vier goldenen Sterne seines Bayerntrikots. Er sieht aus wie ein Greis, obwohl er erst neunzehn ist.
„Ihr werdet euch mögen ... seid ja gleich alt", verkündet Volker.
Markus ekelt sich; der Geruch, das Gesabber, die verbogene Gestalt.

Anfangs übernimmt Markus häusliche Aufgaben, deckt den Tisch, schaut, dass sich die Freaks die

Hände waschen oder geht mit der Gruppe spazieren. Manchmal spielt er mit ihnen Mensch-ärgere-dich-nicht. Wobei das ziemlich absurd ist, da Markus für alle würfelt und die Figuren setzt. Aber die Freaks haben eine Riesengaudi und Markus fragt sich, ob er als Freak auch mehr Freude hätte.

„Ich glaub', du bist so weit."
Volker klopft Markus auf die Schulter.
„Nee, vergiss es!"
„Schonzeit ist vorbei."
Volker lacht und selbst Stefan kichert. Markus streckt sich zu Volker und flüstert: „Ich habe Angst, dass ich ihn kaputt mache."
„Nee, der geht nicht so schnell kaputt."
Volker wendet sich seinen anderen Schützlingen zu und überlässt es Markus, Stefan ins Bett zu bringen. Nur Stefan hält Mittagsschlaf, und bevor er zugedeckt wird, müssen seine steifen Gliedmaßen massiert und gedehnt werden. Das ist nun Markus' Aufgabe. Er schraubt Stefan aus dem Rollstuhl und eng umschlungen tippeln sie zur Bettkante. Markus spürt, wie ihm Stefans Speichel in den Nacken tropft. Stefan ist nicht schwer, aber unhandlich.

Die Massage ist eher ein unbeholfenes Tätscheln, schnell deckt Markus ihn zu und Stefan bemüht sich, entspannt zu wirken.

Volker hockt am Esstisch mit einem Stapel Akten, als Markus verschwitzt aus dem Schlafzimmer kommt.

„Ich kann das nicht."

„Sieh es als eine Expedition."

„Expedition?"

„Zu neuen Lebensformen. Alles eine Frage der Einstellung."

Alles eine Frage der Einstellung?

Sein Vater hatte so etwas Ähnliches auch gesagt.

Nach der Mittagspause geht er zu Stefans Bett und denkt an eine Expedition. Er will wie Commander Chakotay aus Star Trek neue Spezies entdecken. Markus mochte die Fernsehserie. Jeder Captain beschwört seine Crew, die oberste Direktive zu wahren: Achtet das Leben!

Markus packt an und hebt Stefan aus dem Bett.

Oberste Direktive.

Er tänzelt mit Stefan zum Toilettenstuhl.

Oberste Direktive.

Er steckt ihn in eine Windelhose.

Oberste Direktive.

Er biegt den Körper in den Rollstuhl.
Oberste Direktive.
Stefan nickt ihm zu. Eigentlich nickt er immer irgendwie, doch diesmal sieht es gewollt aus.
Markus schiebt ihn in den Gruppenraum, wo die anderen schon den Kaffeetisch decken.
„Willste auch was?"
Stefan zappelt bejahend und Markus gießt dampfenden Kaffee ein, gedankenverloren rührt er, bis sich die Tasse angenehm warm in seiner Hand anfühlt, lässt den Strohhalm in den Becher gleiten und hält ihn an Stefans Mund.
„Auftrag erfüllt", schmettert Volker in die Runde und hebt seinen Becher. Wer kann, macht es ihm nach und prostet Markus zu.
„Auftrag ausgeführt!", salutiert Markus und spürt, dass das Lob von Volker und den Freaks aufrichtig ist.

Die nächsten Wochen verstreichen in einer wohltuenden Routine. Markus ist nach der Arbeit erschöpft, rechtschaffen erschöpft, würde sein Vater sagen.

Der Sommer und die Bundesliga bringen Abwechslung. Markus hat den Gruppenraum in einen Fanclub verwandelt. Selbst Stefan hat er mit Mia-san-mia-Wimpeln und einem Schal ausgestattet. Sie sehen sich zwar nur die Wiederholungen an, aber die Bude tobt bei jedem Tor – und das nicht nur, wenn der FC Bayern zielt.

Die Freaks hüpfen durch den Raum und klatschen. Stefan zappelt in seinem Rolli. Die Arme rotieren wie Windräder in ihren Gelenken. Nach dem Spiel ist er so erschöpft, dass er über zwei Stunden Mittagsschlaf macht. Für Stefan ist Fan sein ein echter Leistungssport. Eigentlich ist sein ganzes Leben ein Leistungssport, die täglichen Verrichtungen, ob essen, kacken, schlafen oder Luft holen. Stefan lebt immer am Limit und deswegen, oder trotzdem, schöpft er das Leben voll aus.

„Aaalooo!" – und ein Speichelregen legt sich auf Markus' Sweatshirt. Eigentlich wollte der Freak einen Abschiedsgruß sagen, aber Hallo spricht sich leichter.
„Mach nicht schlapp, beim nächsten FC-Bayern-Spiel sehen wir uns wieder. Ich hole dich ab, okay?" Stefan nickt und schwankt und die Wimpel zittern am Rolli.
Volker legt seine Pranken auf Markus' Schultern.

„Expedition bewältigt."
„Ja, und die oberste Direktive gewahrt."
„Ich bin stolz auf dich. "
„So ähnlich hat es mein Vater auch gesagt."
„Ja dann … möge die Macht mit dir sein."
„Das ist aber aus Star Wars."
„Egal."

Magic Manni

An jedem Wochenende schwingt sich Mandus auf sein Bike und flieht aus dem atemlosen Berlin. Er wünscht sich dann, nie mehr umkehren zu müssen.

Mandus Nepomuk Poninski hat Betriebswirtschaft studiert, weil sein Vater es so wollte. Vater redet ständig über die Familienfirma, Tradition und Qualität, meistens endet sein Vortrag mit Uropas Werbespruch: „Papier und Pappe piekfein, das kann nur Poninski sein."
Mandus' Büro ist eher ein Kabuff, Staub und Mief aus drei Generationen. Es fühlt sich alles falsch an, die Arbeit, der Ort und sogar der Name.

Für seine Bikerkumpels ist er der Manni und unter Mannis Händen gedeiht jeder Motor zur Vollendung, bis er röhrt und knattert. Schon als Kind hatte er mit Hotwheels gespielt, nun baut er sich selbst einen Feuerstuhl aus Chrom, mit extrabreitem Lenker und tiefer gelegtem Heck. Seit er die Flammen auf den Tank lackiert hat, nennen sie ihn Magic Manni.

Am liebsten touren sie durch die Uckermark. Manni lässt sich von den sanften Hügeln verführen, der klaren Luft und den Weiden, deren Äste wie langes Frauenhaar wehen. Die Oder pulsiert durch den weichen Schoß der Wiesen und Manni kann nicht verhindern, an Billy zu denken.

Meistens rastet die Truppe in Oderberg. Sybille hat eine stillgelegte Tankstelle zu einem Imbiss umgebaut mit den besten Buletten weit und breit. Manni findet auch, dass Sybille die schönsten Brüste weit und breit hat.

„Kannst mir Billy nennen", hatte sie bei ihrer ersten Begegnung gesagt.

Inzwischen ist der Imbiss sein Tagesziel, während seine Kumpels weiter in den Norden fahren.

„Von deinen Buletten kannst du nicht leben, oder?"

„Nee, habe noch 'ne Werkstatt für Sonderanfertigungen."

„Zeigst du sie mir? Ich bin auch Schrauber", dabei schaut er Billy einen Moment zu lang in die Augen,

„und man nennt mich Magic Manni." Dass er bei diesen Worten blöd grinst, ist ihm nicht bewusst.
Billy lacht auf, schwingt ihren lederbespannten Hintern in die Luft und klopft Manni einladend auf die Schulter.
Die Werkstatt ist ordentlich, fast zu sauber, dünne Reifen, Felgen und Polster liegen auf der Werkbank, Drähte, Blech und Plastik befinden sich in Regalen.
„Es riecht hier nicht nach Motoröl."
„Nee, bin Spezialistin für Rollstühle."
Billy strahlt und setzt sich schwungvoll in ein Gefährt. Sie rollt zu Manni hin, so leise und leicht, als würde sie schweben.
„Weißte, wie schwer dis is, geeignete Rollstühle für Schlaganfallpatienten oder Spastiker zu finden? Ick bau die Standardteile um."
„Geil." Manni sieht sich um, beklopft das Material, drückt auf Luftreifen und staunt.
„Dis is dis Größte, wenn ein Patient seinen perfekten Rollstuhl hat und wieder selbstständiger wird."
Billys Augen strahlen und sie bekommt rote Flecken auf ihren Wangen. Manni fragt sich, ob er jemals so begeistert von seiner Arbeit war.
„Baust du auch für Kinder?"
„Nee, für die Quaden sind die Rollis zu aufwendig."
„Und … verdienst du gut?"

Kaum hat er das gesagt, bereut er seine Worte, er klingt schon wie sein Vater.

„Nö, aber es reicht und ick fühl mir lebendig."

Für den Rest des Tages ist Manni einsilbig, selbst Billys Nähe sucht er nicht.

Die Rückkehr nach Berlin fällt ihm schwer, ihm graust vor Montag, seinem Kabuff und der piekfeinen Papierfabrik.

Während die Bäume an der Chaussee vorüberziehen, stellt er sich vor, wie er Rollstühle für Kinder baut, kleine Feueröfen für lahme Füße, wendig und leicht, mit Stoßfedern und Antikippmechanismen oder flammenbemalten Scheibenrädern.

Im Kreisverkehr dreht Manni eine weitere Runde, unsicher, ob er auf dem bekannten Weg bleiben soll.

Billy stapelt die Plastikstühle ihrer Imbissstube, als Manni den röhrenden Motor abstellt.

„Haste wat vergessen?"

„Ja, was wirklich wichtig ist im Leben."

„Und dis is hier?"

„Glaub schon. Bei dir und der Werkstatt. Ich werde Kinderrollstühle bauen, schließlich bin ich auch Schrauber."

Ganz nah steht Manni vor Billy, sie schaut ihn prüfend an und er hält ihrem Blick stand, bis sie lacht und ihm in die Seite knufft.
„Manni, Manni", sagt sie anerkennend und fügt leise hinzu: „Magic Manni!"

Einer und keiner

Es ist ein lauer Sommerabend und in den Isarauen liegen die Menschen wie bunte Smarties am Ufer. Anna wuchtet ihren Korb über die Steine und ihre Freundinnen stolpern hinterher.
„Anna, Du bist echt verrückt."
„Ja, das habt ihr schon gesagt."
Unbeirrt räumt sie die Flusssteine beiseite und breitet eine Decke aus.
„Anna. Ehrlich … das macht doch keiner."
„Keiner und man kann ich nicht leiden. Sie sind langweilig und spießig."
Eine andere Freundin murmelt: „Du bist wie Pippi Langstrumpf."
„Was?"
„Du machst dir die Welt, widde widde, wie sie dir gefällt, sogar Gott muss mitspielen."
„Das ist nicht wahr."

Anna streicht das rot-weiße Leinentuch glatt, nimmt einen Tonkelch aus dem Korb und stellt ihn mit Nachdruck auf den unebenen Boden.

„Nein, nicht wie es mir gefällt. Ich glaube, Gott findet die Idee gut."

Sie betrachtet den schief stehenden Tonkelch.

„Ich will das Leben ausloten, seine Tiefen und Höhen. Ich hasse die Durchs-Leben-Hetzer, die Dauernörgler, die Angeber und die Weihnachtsmänner im Spätsommer."

Sie nimmt die Weinflasche heraus, reicht den Korkenzieher einer Freundin und nimmt ein Fladenbrot aus dem Korb.

„Findet ihr das nicht aufregend?"

„Wein entkorken?"

Die jungen Frauen kichern.

„Nein, anders zu sein, anders als jemand und man. Wir leben in einem christlichen Land und unsere schönsten Feiertage werden durch den Konsum verkorkst."

Die Leidenschaft malt Anna rote Flecken auf die Wangen, als sie Umberto Eco zitiert: „Man vernichtet eine Religion, indem man sie lächerlich macht. Was ist lächerlicher als ein Weihnachtsmann, der aussieht wie ein Alkoholiker mit Knollnase, Rauschebart und rotem Bademantel? Gottes Menschwerdung verblasst zwischen Lichterorgeln und Geschenkewahn."

Ihre Freundinnen rutschen auf der Decke herum und suchen Bequemlichkeit. Eine schaut verdutzt hoch.

„Deswegen feiern wir heute Weihnachten? Am steinigen Ufer? Im Sommer?"

Anna strahlt: „Ja, weil das echte Datum keiner kennt und Jesus bei 'Leise rieselt der Schnee' in der Krippe erfroren wäre. Überlegt doch mal: Während andere Götter im Himmel spazieren gehen und Schicksal spielen, wird nur einer menschlich und läuft mit uns durch die staubige Welt. Das muss gefeiert werden."

Die Freundinnen rücken auf der Decke zusammen, Wein und Brot in ihrer Mitte.

Es dämmert und der Himmel berührt die Erde.

Das Urteil

Wieso glotzt der so?
Jedem stiert er ins Gesicht und wer weiß, wo sonst noch hin. Und dieser verschlagene Blick!
Jeden Morgen steige ich in den Bus um 7.35 Uhr. Schon als Schulmädchen sind mir seine großen Augen aufgefallen, nun fahre ich zur Ausbildung in die Rettungsstelle.
Ich husche schnell beim Einstieg an ihm vorbei und setze mich so, dass er mich nicht in dem gebogenen Spiegel über seinem Kopf sehen kann.
Er ist mir unheimlich. Er. Diesel Reiner.
Diesel muss kurz vor der Rente sein, mein Vater sagt seit Jahrzehnten den Spruch: So pünktlich fährt keiner, wie unser Diesel Reiner.

Reiner Diesel, den Namen fanden wir als Kinder lustig. Wir haben oft Witze gemacht: Wiesel-Diesel oder Glupschdiesel. Dabei war er immer nett zu uns gewesen – aber dieser Blick!

Seit Jahren gibt es Vorfälle von sexueller Belästigung in der Nähe des Busdepots. Es trifft immer Frauen, die nach ihrem Spätdienst an der Endstation aussteigen, vier bis fünf Fälle pro Jahr. Den Täter hat man noch nicht gefasst.
Manche vermuten, dass Diesel der Perversling ist. Erst glotzen, dann grabschen, kennt man doch.
Attraktiv ist er auch nicht, welche Frau würde freiwillig mit dem …
Jeden Morgen steige ich in den Bus und fast immer denke ich über Diesel nach, selbst wenn ich das nicht will. Ich betrachte ihn im gekrümmten Spiegel. Wenn er fährt, sieht man seinen Schädel. Er ist kahl, aber Diesel kämmt sich von rechts und links die Haare in die Mitte. Seine Erscheinung ist gepflegt, fast penibel. Kein Wunder, dass man ihn nicht fasst. Er verwischt gründlich seine Spuren.
Meine Wut auf Diesel wächst von Tag zu Tag.

„Guten Morgen, Frau Hill, geht es wieder zur Rettungsstelle?"
Ich gefriere unter seinen Worten. Woher weiß er meinen Namen?

Seine Augen starren auf meine Brüste. Ich bin entsetzt und straffe meinen Rücken und bin bereit, ihm eine zu scheuern.
Er räuspert sich.
„Ihr Namensschild ... es steckt an der Jackentasche ... ich dachte, es wäre schön ... jeden Tag."
Abrupt drehe ich mich um und setze mich in den hinteren Teil vom Bus. Der alte Sack macht mich an!
Ich werfe einen letzten Blick auf ihn, er sieht käsebleich aus und schwitzt wie ein Schwein. Wahrscheinlich hat er Angst, dass ich ihn überführe.

Mein Dienst in der Rettungsstelle läuft routiniert ab. Schwächeanfall im Supermarkt, Dönerkönig hat sich mit dem elektrischen Messer in den Arm gesägt, Kopfverletzung beim Schulsport.
Jetzt, kurz vor Dienstschluss, kommt ein Notruf rein. 63-jähriger Mann, Atemnot, starke Schmerzen, Verdacht auf Herzinfarkt, Binderweg 7. Wir eilen los.
Ein Mann liegt auf dem Boden seiner Wohnung. Ich soll mich aber zuerst um die alte Nachbarin kümmern, die durch die Räume flattert und kreischt.

Ich pflanze sie an den Küchentisch und lass sie Wasser trinken. Mein Blick fällt auf die Küchenwand. Auf einer großen Straßenkarte sind Fotos, Skizzen und Notizen aufgeklebt und mit Linien verbunden: Silke Klein – Zahnlücke – Bäckerei – 2x ausgegangen oder Gisela Hirt – Doppelkinn – rote Haare – Postbotin oder Jule Hill – Pferdeschwanz – Sankerjacke – 735er Bus.
Mein Herz setzt aus. Wieso stehe ich auf dieser Wand? Was ist das für ein Schwein?
„Jule, komm! Beruhige ihn."
Ich stürme zu meinem Chef, beuge mich zum Patienten und schaue in das kaltschweißige Gesicht.
„Lasst Diesel verrecken!", presse ich hervor.
„Spinnst du? Reiß dich zusammen und mach deine Arbeit!"
Mein Chef hantiert routiniert weiter, seine Schläfen pulsieren und Adern treten hervor. Ich fühle seinen Ärger über mein unprofessionelles Verhalten.

Als der Notarzt eintrifft und Diesel abtransportiert werden kann, bleibe ich in der Wohnung zurück. Die Nachbarin nippt immer noch am Wasser und nuschelt: „So ein feiner Mann. Ach, so ein feiner Mann!"

Ich setze mich zu ihr und schaue angewidert auf die Fotowand, während sie weiter plappert.
„Wissen Sie, er hat so eine Krankheit."
„Ja, das Herz."
„Nein, nein, Pro … Pro … Prodingsbum. Er kann Menschen nicht am Gesicht wiedererkennen. Deswegen lernt er sie auswendig wie Gedichte."
Sie dreht sich zur Fotowand und zeigt auf ein Bild.
Renate Hübner – Sanduhrfigur – Leberfleck an Schläfe – Nachbarin.
„Das bin ich", sagt sie. „Sanduhrfigur, so was."
Dabei kichert sie und hält sich die Hand vor den Mund.
„Ich hänge auch an der Wand", erwidere ich.
„Ehrlich?" Sie trinkt einen Schluck Wasser. „Dann muss er Sie sehr mögen."
„Ich fahre mit dem 735er Bus. Seit meiner Schulzeit sehen wir uns fast jeden Tag."
„Ja. Und jetzt haben Sie ihm das Leben gerettet. Sie sind ein Schatz."
Endlich stemmt sie sich aus dem Stuhl und tippelt zurück in ihre Wohnung.
Ich bleibe in Diesels Küche sitzen. Die Tränen steigen auf und ich versuche, sie hinunterzuschlucken, genauso wie Schuld und Scham. Es gelingt mir nicht.

Ich begebe mich auf einen Bußweg, zuerst zu meinem Chef. Der explodiert noch einmal richtig, nimmt aber meine Entschuldigung an.
Zwei Tage später erkundige ich mich nach Herrn Diesel im Krankenhaus.
Er sei stabil und ich könne ihn besuchen. Ich klopfe an die Tür des Patientenzimmers und trete ein.
„Herr Diesel?"
Er schaut mich überrascht an.
„Hallo, ich bin Jule Hill, die Sanitäterin aus Ihrem 735er Bus?"
„Ja, die Jule. Tschuldigung, ich habe Sie nicht erkannt. Sie sind mein Engel."
„Todesengel."
„Bitte?"
Er schaut mich an und lächelt.
„Das wird doch noch ein guter Tag. Sie sind mein zweiter Damenbesuch."
„Ja?"
„Die Kleine war da … ähm … naja … mit der Sanduhrfigur."
„Renate? Ihre Nachbarin?"
„Ja, Renate."
„Wollte nur gute Besserung wünschen."
Ich drücke ihm die Hand und plötzlich kommt mir Vaters Spruch über die Lippen.

„So pünktlich fährt keiner, wie unser Diesel Reiner."
Da lacht er und seine Augen strahlen.
Es sind große, schöne Augen.

Die Zugfahrt

Als wir in den Zug steigen, weiß ich, dass es ihre letzte Reise sein wird.
Meine Mutti sitzt neben mir mit gespanntem Rücken, hält ihre Handtasche auf dem Schoß und hat den neugierigen Blick eines jungen Mädchens.
„Wo fahren wir hin?", fragt sie mich erneut, und ich wiederhole: „Nach Hause."
„Zu Vati und Peter, den Katzen und dem großen Nussbaum?"
„Nein, ein anderes Zuhause."
Schweigend schauen wir aus dem Fenster, die Farben der Landschaft und des Himmels vermischen sich, wie die Zeit und die Erinnerungen.
Mutti stupst mich an den Arm und fragt mit zitternder Stimme: „ … und wer bist du?"
„Greta, deine Tochter."
„…?"
„Alles wird gut, Mutti."

Ich lege meinen Arm um sie. Ich wollte sie nicht in das Heim bringen, aber es wird gut, nicht wahr? Daheim können wir sie nicht mehr versorgen, sie vergisst zu essen, beschmiert sich beim Toilettengang, geht im Nachthemd durchs Dorf und wenn wir ihre Tür zusperren, zerschlägt sie das Fenster und wirft Gegenstände hinaus. Wird nun alles gut?

Ihr Geist lebt nicht mehr in unserer Zeit, sie spricht von ihrer Kindheit und ruft nachts nach ihrer Mutter und Mohrchen, dem schwarzen Kater.
Hoffentlich wird alles gut.
Ich vermisse meine Mutter, obwohl sie neben mir sitzt, fühle ich mich als Waise. Es gibt keine Erinnerungen mehr, die wir teilen. Mutters Gedächtnis reicht nur bis in die Zeit, wo es mich noch nicht gab.

Mein Mütterlein kuschelt sich in meinen Arm und murmelt immer wieder: „… und wer bist du?"
Ich bin das Kind, das die Spuren deiner Liebe trägt, denke ich und streichle ihr über den Kopf, so wie sie das früher bei mir immer getan hat.

Die alte Dame und der Limoncello

Elisabetha Sofia Maria Beriello ist eine alte Frau. Ihr graues Haar kräuselt sich wie ein Vogelnest auf ihrem Kopf, das schwarze Kleid ist immer reinlich und ihre Haut, dünn wie Pergament, duftet nach Seife.
Seit Jahrzehnten scheint sie unverändert alt zu sein – keiner merkt, dass sie ihr Kleid von Jahr zu Jahr kürzt, weil sie schrumpft.

Es heißt, sie fange das Sonnenlicht ein und bewahre es in kleinen Glasflaschen auf. Das tut sie wirklich. Es gibt keinen köstlicheren Limoncello als den von Signoria Beriello.
Früher musste sie ihn heimlich verkaufen, weil Pater Francesco den Likör für eine Sünde hielt. Aber als er sich in einem schwermütigen Moment mit dem Likör tröstete, war ihm, als habe ihn die Mutter Gottes geküsst.

Seitdem verkauft und verschenkt Elisabetha die kleinen Fläschchen von ihrem Küchenfenster aus.
Mit großer Sorgfalt schält sie die gelbe Schale von den Zitronen, nur ein Fitzelchen vom Weiß macht den Limoncello bitter.

„Es ist wie mit den Erinnerungen", sagt Elisabetha, „ich bewahre nur die sonnigen auf. Ein bitterer Gedanke würde meine ganze Seele trüben."

Vertäut

Ich stehe am Steg, schaue voraus auf das Meer und zurück in die Erinnerungen.
Meine Heimatinsel hat sich verändert, das Elternhaus gibt es nicht mehr und nur noch wenige Fischer fahren auf das Meer.
Ich selbst bin Großvater und schon älter, als mein eigener Vater wurde. Immer wenn ich das Knarren der Fender und das glucksende Wasser höre, werden meine Kindertage lebendig.

Als kleiner Junge habe ich mir vorgestellt, Vater sei ein Wikinger mit einem Brustkorb wie ein Fass und Armen wie Baumstämme. Aber Vater war ein Fähnchen und oft habe ich gestaunt, dass er nicht vom Boot geweht wurde.

„Dann mal Tau, meen Jung!", schrie er mir zu – und das nicht nur, wenn ich die Leine um die Klampe schlingen sollte.
Er forderte es, wenn ich für die Schule lernen sollte oder wenn ich Angst vor Neuem hatte. Er rief mir diesen Satz zu und legte seine Liebe und seinen Stolz hinein. Gib dein Bestes, lautete sein ewiggleicher Ratschlag.
Vater war wortkarg, aber seine Hände waren umso gesprächiger. Es waren große Hände, rissige Haut spannte sich um die Gelenke und weder Honig noch Gänsefett konnten die Haut glätten.
Hände, die Mutter umarmten und uns Kinder durch die Luft wirbelten. Sie tätschelten uns die Wange, klopften auffordernd auf den Rücken oder schlugen mahnend auf die Tischplatte.

Noch heute sehe ich seine blaugeäderten Pranken und die knorrigen Finger vor mir.
Vater hat uns Halt gegeben und gleichzeitig Antrieb.
„Dann mal Tau, meen Jung!"
Diese Worte klingen in meinem Herzen nach und ich gebe mein Bestes, selbst noch als alter Mann.

Teil 2

Was Trauernde sich wünschen

Bitte wende dich nicht ab, nur weil du nicht weißt, wie du mir begegnen sollst. Ich bin selbst unsicher im Umgang mit Trauer und Schmerz.

Gib mir einen Blanko-Entschuldigungsscheck für all die Momente, in denen ich mich merkwürdig benehme. Es hat nichts mit dir zu tun, wenn ich abweisend, launisch, ärgerlich oder schweigsam bin.

Zeige mir auch deine Trauer und lass uns Erinnerungen austauschen. Dann weiß ich, dass mein Empfinden normal ist.

Habe keine Scheu vor meinen Tränen.
Wenn ich weine, bin ich nicht trauriger als sonst.

Bitte sei geduldig, wenn ich mich wiederhole und lass uns auch mal schweigen.

Hilf mir zu verstehen, was meine Tränen bedeuten. Ist es Einsamkeit, Überforderung, Erschöpfung, Sehnsucht, Wut, Vermissen, Ratlosigkeit?

Wenn du mir helfen möchtest, dann tu es!
Warte nicht, bis ich dich anspreche. Ich bin oft zu erschöpft, um an Rasen mähen, Reifenwechsel, Einkauf, Behördengänge und Kochen zu denken.

Du musst nichts Besonderes für mich planen. Nimm mich mit in deinen Alltag. Ich brauche das Gewöhnliche.

Denk mit mir an meine Jahrestage, an Geburtstage, Todestage, Hochzeitstage.

Gib mir keine Ratschläge und vergleiche mich nicht mit anderen Trauernden.

Zeige mir, dass ich nichts für den Verstorbenen tun muss. Ich muss meine Identität neu finden, ein eigenes Leben aufbauen.

Feiere mit mir jeden Fortschritt. Wir machen auch mal Pause während der Trauerarbeit.

Verliere nicht deinen Humor, wenn wir zusammen sind. Er tut gut. Gibt Leichtigkeit.

Lass mich spüren, dass ich lebe, ob gemeinsames Lachen, Wandern, Wellness und Kunst erleben oder einfach mal bummeln gehen.

Wenn ich mit dem anderen Geschlecht zusammen sein möchte, suche ich nicht automatisch einen Partner. Ich brauche den anderen Blickwinkel.

Ich kann Trauer und Freude sehr intensiv empfinden. Wundere dich nicht, dass beides nebeneinander existiert.

Finde keine Antworten auf meine Warum-Fragen. Ermutige mich, mit jedem „Warum" zu Gott zu gehen.

Werde nicht müde, mich an Gottes Verheißungen zu erinnern.
Hilf mir, eine neue Zukunft zu sehen. Anders, aber auch schön.

Lass uns alles über den Himmel herausfinden. Das Himmlische ist tröstlich.

Erwählt

Die Tränen von Dir sind still und leise
Der Schmerz in Dir ist laut und quält
Als wärst Du auf einer ziellosen Reise
Doch glaube, Du bist zum Leben erwählt

Deine Fragen, sie bleiben offen
Viele Träume werden Dir nicht erfüllt
Es scheint, als gäbe es nichts zu hoffen
Doch vertraue, Du bist zum Leben erwählt

Deine Zeit vergeht nicht in Stunden, noch Tagen
Du bleibst in Erinnerungen, die Zukunft fehlt
Zwecklos, nach dem Warum zu fragen
Doch wisse, Du bist zum Leben erwählt

Ja, dieses Leben ist ungeahnt schwer
Dein zerbrochenes Herz kommt nicht hinterher
Gott – der Eine – der Dich für ewig annimmt,
flüstert zärtlich: „Du bist zum Leben bestimmt."

Gewiss und Vielleicht

Vielleicht, dieses Wort spielt mit der Hoffnung.
Vielleicht wird es morgen schön.
Vielleicht wird sie kommen.
Vielleicht überlebt er.

Die Hoffnung hofft das Beste und wehrt sich dagegen, dass es vielleicht anders ausgehen könnte.
Die Hoffnung möchte hören: „Ganz gewiss!"

„Ganz gewiss", das sind Worte der Gegenwart, doch „vielleicht" gehört in die Zukunft.

Vielleicht ist es sogar gut, die Zukunft nicht zu kennen. Und ganz gewiss wird die Hoffnung sich bei jedem „vielleicht" aufhalten.

Feli und der Augenmensch

Der Augenmensch liebt das Schöne.
Er kauft Dinge, die er nicht braucht, mit Geld, das er nicht hat, um Menschen zu beeindrucken, denen er völlig egal ist. Er zählt Kalorien, nennt Graue-Haare-färben Naturtonveredelung und bläht sich vor seinen Internetbekanntschaften auf. Er führt Gespräche, die ihn selbst langweilen. Der Augenmensch lebt das Leben eines Fremden, bis er dessen überdrüssig ist.

Felicitas ist klein, man übersieht sie.
Sie ist schüchtern, man überhört sie. Man bezeichnet sie nicht als hübsch, ein Mondgesicht mit Mandelaugen. Sie ist nicht außergewöhnlich, aber was sie tut, ist außergewöhnlich leidenschaftlich. Feli ist die Meinung der anderen egal, sie lebt und tanzt durchs Leben und wenn sie sich streckt, berührt sie den Himmel. Feli lebt ihr Leben mit einem Extrachromosom, bis sie es ausgeschöpft hat.

Umgekehrt

Heute hatte ich eine Meinungsverschiedenheit mit einer Kollegin, es kam zu einem Wortgefecht. Sie focht und ich wehrte ab, bis sie triumphierend abzog.

In mir dehnte sich ein Gefühl aus und nahm von mir Besitz: die Wut!
Ich fühlte mich ungerecht behandelt, missverstanden und verkannt.
Keine Chance zur Klärung!

Die Wut stürmte auf mich zu und verlangte Zutritt. Zuerst residiert sie in meinem Bauch, wie ein Stein liegt sie mir im Magen und nimmt mir meine Leichtigkeit. Systematisch erweitert sie ihren Herrschaftsbereich, dehnt meinen Hals, dass es mir die Sprache verschlägt, drückt auf meine Augen. Ich sehe rot.

Ihr Imperium expandiert bis in meine Hirnwindungen, jeden Gedanken beherrschend.
Es ist, als sei ich außer mir. Das ist nicht gut.

Ich müsste die Wut von ihrem Thron schubsen, obwohl: Das „W" zu kippen, würde genügen. Ohne „W" ist sie entmachtet. Ich drehe das „W".
Aus WUT wird MUT.
Ich erobere meine Sinne zurück. Mit Mut kann ich Recht schaffen, verändern und verzeihen (eine gewaltige Anstrengung).

Der nächste Ärger kommt bestimmt, aber dann wird es ein gewaltiger MUTanfall. Jawohl!

Das Unwort

Von Spezialisten wird es ausgesucht, von Fachleuten gekürt, von Journalisten veröffentlicht, Jahr für Jahr.
Es heißt „alternativlos" (2010), „Sozialtourismus" (2013) oder „Lügenpresse" (2014). Das Unwort des Jahres.

Mein Unwort aller Zeiten heißt „Stress".
Das Wort an sich sieht schon hässlich aus, gehetzt seine Bedeutung und eng der Klang. Andauernd höre ich es, viel benutzt, abgenutzt, eine richtige Wortinflation.
Stress kann man sich machen, haben oder bekommen, ob auf Arbeit, in der Familie, im Ehrenamt, während der Freizeit, beim Aldi.

Das Wort „Stress" ist noch nicht einmal hundert Jahre alt. Ein Biochemiker hat es in den 40er Jahren des letzten Jahrhunderts geprägt.
Was haben nur unsere Großeltern für Wörter benutzt, wenn es bei ihnen … war?
Wenn mir das Wort über die Lippen huscht, dann aus Bequemlichkeit. Denn es ist leichter zu sagen: „Ach, es ist alles so stressig", als zu hinterfragen: Wieso bin ich so kraftlos?
Habe ich mich übernommen?
Liegen meine Prioritäten richtig?
Ernähre ich mich ausgewogen?
Schlafe ich ausreichend?
Vergleiche ich mich mit anderen?
Fühle ich mich ungeliebt?
Kann ich nicht mehr das Besondere im Alltäglichen entdecken?

Man sollte dem hässlichen Unwort auf die Schliche kommen, bevor es sein Unwesen in unserem Alltag treibt.

Babyschritte

Ich hatte mir vorgenommen, jeden Tag etwas zu schreiben. Besinnliche Gedanken, erheiternde Worte, überraschende Beobachtungen und skurrile Episoden. Pustekuchen!
Es mangelt nicht an Ideen, nein, das Problem ist die Umsetzung. So lang die Idee in meinem Kopf ist, ist sie genial. Doch sobald ich sie notiere, erscheint sie fad – und weg ist die Schreibfreude.

Das Ganze funktioniert auch in anderen Lebensbereichen. Der Keller soll entrümpelt werden und ich kann die Erleichterung ahnen, es vollbracht zu haben. Aber wo und wie beginnen, ach, was für ein ermattender Gedanke. Also meide ich den Keller.
Schon längst wollte ich einer Klassenkameradin schreiben und habe sogar eine Karte gekauft, die nun angestaubt auf meinem Tisch liegt, auf dem ebenso angestaubten Ablagestapel.

Inzwischen ist es mir peinlich, nach so langer Zeit noch zu schreiben.

Was nun? Es gibt zahlreiche Ratgeber und den Film „Was ist mit Bob?". Bill Murray spielt in der Hauptrolle einen psychisch Kranken, der den Alltag bewältigen möchte. Der Rat seines Therapeuten:
BABYSCHRITTE!
Soll heißen: Geh kleine Schritte.
So macht es Bob.
Er verlässt wieder das Haus – Babyschritte.
Spricht Menschen an – Babyschritte.
Marschiert mit Babyschritten in die Familie des Therapeuten und verbreitet dort Chaos und ungeahnte Lebensfreude.
Bevor ich nichts schreibe, schreibe ich darüber, dass ich nichts geschrieben habe.
Bevor ich nur die Kellertür schließe, nehme ich die Kiste mit dem Kleinkinderspielzeug hinaus und verschenke sie an meine Nachbarn.
Meiner Freundin sende ich eine SMS – die Karte kann ich immer noch schreiben.

BABYSCHRITTE!
BABYSCHRITTE!
BABYSCHRITTE!

Inhalt

Einleitung
Über mich 7

Teil 1
Wenn der Alltag schrumpft 11
Nicht ohne Grund 17
Superhelden 23
Lebensdrang 31
Die oberste Direktive 37
Magic Manni 45
Einer und keiner 51
Das Urteil 55
Die Zugfahrt 63
Die alte Dame und der Limoncello 65
Vertäut 67

Teil 2
Was Trauernde sich wünschen 71
Erwählt 75
Gewiss und Vielleicht 77
Feli und der Augenmensch 79
Umgekehrt 81
Das Unwort 83
Babyschritte 85

Die Texte „Was sich Trauernde wünschen" und „Erwählt"
sind erstmals erschienen in:
Lydia, Ausgabe 4/2011, Lydia Verlag in der Gerth Medien
GmbH, Asslar

Erste Auflage 2015

© 2015 Susanne Ospelkaus
Alle Rechte vorbehalten
Lektorat: Punkt Texte, Dr. Franziska Roosen
Umschlagfoto: Eleisa Caro
Druck und Verlag: epubli GmbH, Berlin, www.epubli.de
Printed in Germany

ISBN 978-3-7375-3534-2

Die Deutsche Nationalbibliothek verzeichnet diese
Publikation in der Deutschen Nationalbibliografie;
detaillierte bibliografische Daten sind im Internet über
http://dnb.d-nb.de abrufbar.